妖怪醫院 4

真假鬼燈醫生

文 富安陽子　圖 小松良佳　譯 游韻馨

鎮立中央圖書館的公布欄上，
貼著一張魔術秀宣傳海報，
海報上的魔術師頭戴黑色絲帽、身披黑色斗篷，
臉上還帶著一抹詭異的微笑。
那不就是鬼燈醫生本人嗎？
我嚇了一大跳！
不會吧？妖怪內科名醫鬼燈醫生
竟然是創造奇蹟的魔術師Ｊ大師？
這究竟是怎麼一回事？

目錄

妖怪醫院 4

真假鬼燈醫生

文 富安陽子　圖 小松良佳　譯 游韻馨

1 妖怪內科醫生

我的名字叫峰岸恭平，要我介紹自己真是有點不好意思，我是個平凡無奇，就讀小學六年級的普通小孩。

這樣平凡無奇的我過著毫無變化的平淡生活，直到那一天，我認識了那個人……沒錯，就是大名鼎鼎的鬼燈京十郎醫生。從認識他的那天起，我的人生有了一百八十度的轉變。

鬼燈醫生是世界上絕無僅有的妖怪內科醫生，專門幫全世界的大小妖怪醫治各種疑難雜症、跌打損傷。簡單來說，只要妖怪感冒、閃到腰，或罹患神經失調症等，無論遇到任何問題，找鬼燈醫生就對了！

我之前因為不小心誤闖妖怪世界，認識了鬼燈醫生。從此之後，我的人生可說是災難連連。只要遇見他就沒好事發生。不是把我當成妖怪的誘餌，就是逼我吃奇怪的藥，或是要我幫忙消滅混入學校裡的妖怪……

如果可以的話，我真希望不要再與鬼燈醫生有任何瓜葛。可是每次都在不知不覺中，捲入與妖怪有關的事件裡。

這次也一樣，我作夢都沒想到，在中央圖書館的自動門背後，有那種事情等著我……

2 神祕的魔術師J大師

十月某個星期六午後，我去圖書館還書，在中央圖書館寬敞的大廳裡，看見了一張海報。

大廳正面的大告示板貼著許多宣傳海報，其中那一張海報特別大，吸引了我的注意。上面寫著：

本世紀最強魔術師來了！創造奇蹟的魔術師J大師登場！千萬不要錯過引起全球狂熱，目眩神迷的奇幻魔術！

海報以黑色為背景，中間浮現魔術師的人影，只見主角臉上帶著詭異的微笑，擺出倨傲姿態直視前方。銳利的眼神閃著精光，高挺的鷹勾鼻下掛著捲翹的八字鬍。

J大師頭上戴著高高的黑色絲綢帽，身上披著一件黑色斗篷。

我傻眼的站在原地盯著海報，上面的人明明就是鬼燈醫生！

「這是怎麼回事？」我站在海報前喃喃自語。

創造奇蹟的魔術師J大師究竟是哪號人物？為什麼鬼燈醫生要戴著高帽子，裝扮成魔術師呢？

難道醫生平常除了是妖怪內科名醫之外，也兼差表演魔術秀？

我重新仔細端詳那張海報，確定海報裡的魔術師就是鬼燈醫生。

話說回來，還記得第一次見到鬼燈醫生時，我一看到他渾身散發出的詭異氣氛和嘴上的八字鬍，就覺得他根本不像醫生，反而比較像是一位會耍障眼法的魔術師。

我走近告示板仔細閱讀海報內容，發現這場魔術秀即將在明天星期天於活動中心的大表演廳舉行。成人票一張五千日圓、兒童票則要兩千五百日圓，好貴！

「我一定要弄清楚才行。」我喃喃自語著，按捺不住內心的衝動，很想去找鬼燈醫生問個明白，問他是不是魔術師J大師，問他明天是不是要去我住的城鎮，在活動中心舉辦魔術秀。

我趕緊跑到櫃檯還書，接著跳上自行車一路騎回家。一到家就衝進房間裡，打開上鎖的抽屜，拿出收在裡面的「鬼燈球魔法鈴」。

鬼燈球魔法鈴是打開妖怪世界大門的鑰匙，這是醫生送給我的祕密道具。

我小心翼翼的拿出鬼燈球魔法鈴，收進口袋裡，跑到門前町的「玉之辻」十字路口。路口附近有一個郵筒，妖怪世界的入口就在郵筒後方。

我氣喘吁吁的跑到郵筒前，從口袋裡拿出鬼燈球魔法鈴。

秋日的太陽靜靜的照射在十字路口，四周一片靜謐。我看著眼前的郵筒，突然不知道該不該拿出魔法鈴。

要是我搖動鈴鐺，再次打開妖怪世界的大門走進去，我會不會又遇到什麼始料未及的事情？

我告訴自己：「我只是去找鬼燈醫生問問題，問完就走了，應該不會有事的……對，我只要問完問題立刻走人就行了。」

我深吸一口氣，下定了決心，輕輕晃了一下鬼燈球魔法鈴。

3 打開妖怪世界的大門

叮鈴、叮鈴、叮鈴。鬼燈球魔法鈴響起悅耳的聲音，一陣涼風吹過玉之辻十字路口。

眼前的景色彷彿隨著涼風左右晃動，就像海市蜃樓般模糊不清。

我定睛一看，發現郵筒後方出現一個狹窄的小巷入口。從這裡可以看到一條在房子之間往前延伸的陰暗小路，這就是連結玉之辻十字路口與鬼燈醫院大門的鬼燈小路。

我再次深呼吸，鼓起勇氣踏入小路。

這條路的前方就是妖怪世界，不知道會遇到什麼妖魔鬼怪。

一想到這點，我的步伐開始急促了起來，到最後變成小跑步，上氣不接下氣的跑過那條狹窄的小巷子。

跑出鬼燈小路後，我看見令人懷念的鬼燈醫院大門和略顯暗沉的奶油色圍牆；厚重木門旁掛著「妖怪內科．鬼燈醫院」的招牌。

我站在木門前，伸手想要轉動門把，但一想到從大門進去，要是在候診室裡遇到什麼奇奇怪怪的妖怪就糟了。我忍不住縮回手，猶豫了起來。

我決定偷偷摸摸的繞到房子後面，從庭院觀察診間裡的情形，看看鬼燈醫生在做什麼。

我躡手躡腳拐過房子角落，耳朵緊貼牆壁，偷聽診間裡的動靜，裡面有人正在說話。

「你一定要幫我，要是明天他們不回來，我就完了。」

「要我幫你？你以為我是誰？我是妖怪內科醫生，不是警察，更不是偵探。」

我在牆外聽著診間裡的對話，愈聽愈覺得哪裡怪怪的。

我可以確定說「我是妖怪內科醫生」的人是鬼燈醫生，但另一個說「你一定要幫我」的人，聽起來也很像鬼燈醫生。感覺就像是醫生一人分飾兩角。

到底是怎麼一回事？

我再也忍不住，身體緊靠牆面，伸長脖子從庭院這一側的落地窗偷看，一看到診間裡的情形，我嚇到忘記自己正在偷聽，忍不住叫了起來！

診間裡的兩個人聽到我的尖叫聲，同時轉頭看向我。

其中一人自然是身穿白袍的鬼燈醫生，而另一人竟然是頭戴高帽、身披斗篷的……鬼燈醫生！

這是怎麼回事？竟然有兩個鬼燈醫生？

這個世界上有兩個長得一模一樣的鬼燈醫生，一個穿著白袍，另一個打扮成魔術師，現在兩個人同時看著我。

這景象真是超級無敵詭異！

我瞠目結舌的僵在當場。身穿白袍的鬼燈醫生率先開口：

「呦，我還以為是誰呢！原來是恭平啊！」

「誰是恭平？」另一位鬼燈醫生也開口。

「就是偶爾會來我這裡幫忙的人類小孩。恭平，跟你介紹一下，他是我的雙胞胎哥哥，在人類世界當魔術師。」

雙胞胎哥哥？在人類世界當魔術師？

我還來不及反應，戴高帽的鬼燈醫生便對我深深一鞠躬，舉手投足之間既華麗又誇張。

「小朋友，Nice to meet you! My name is 鬼燈京士朗，又名『創造奇蹟的魔術師J大師』。請多多關照。」

「J……大師？」我喃喃自語著，好不容易才回過神。

是他！他就是那個在中央圖書館的海報裡露出詭異笑容，感覺不懷好意的魔術師！

「星……星期天要在活動中心舉辦魔術秀的人，就是你嗎？」我怕自己認錯人，趕緊確認。

「是的！正是在下。星期天下午四點，我將在活動中心的大表演廳舉行個人魔術秀。不過，現在有一個問題……」

沒想到J大師話鋒一轉，突然搔起頭，抬頭看著天花板。

「啊！我最重要的精靈們被拐走了！要是找不回那些精靈，我就沒辦法表演魔術！魔術秀就得取消！Oh my God!」

像在演戲般的大吼大叫後，J大師恢復正常的對鬼燈醫生說：

「你知道這件事有多嚴重，對吧？求求你，快想辦法幫我找到我的精靈。拐走他們的絕對不是人類，人類不可能看得見他們。旅館監視器也沒拍到可疑人物，因此嫌犯絕對是妖怪。既然是妖怪，那就是你的專業了。你一定認識很多妖怪，對吧？求求你，幫我找回我的精靈，我會付你豐厚的謝禮。要是沒有精靈助手幫忙，我就沒

辦法表演魔術了！京十郎，幫幫我吧！」

我在一旁靜靜看著這兩個長得一模一樣的人。

鬼燈醫生雙手抱胸，似乎陷入沉思；J大師則是上半身往前傾，做出苦苦哀求的表情。

過了一會兒，鬼燈醫生大嘆了一口氣，喃喃的說：「唉，真是拿你沒辦法，誰叫你是我哥哥呢！」

J大師開心的大叫：「京十郎！你願意幫我了，對吧！你真的願意幫我？」

「不過，我不能保證一定能找回他們。」

儘管鬼燈醫生這麼說，J大師依舊興奮不已。

「太好了，我太開心了！人家都說兄弟連心，重要時刻還是弟弟最靠得住！」

「夠了，總之你先告訴我詳細情形吧！等我搞清楚狀況再考慮該怎麼找回你的精靈。」鬼燈醫生坐在黑色皮革扶手椅上說。

J大師坐在醫生對面那張專門給病患坐的旋轉椅上。

我悄悄的走進診間，站在牆邊，放輕呼吸，盡可能不打擾他們。

4 行蹤不明的精靈一族

J大師娓娓道來事情的經過，他的聲音低沉渾厚，跟鬼燈醫生一模一樣。

我站在角落，專心聽著這驚天動地的精采故事。

「我是在十多年前認識這些精靈的，當時我正好到英國鄉下旅行，發現了瀕臨絕種的精靈一族。一般正常人不可能看得見精靈。我因為有鬼燈家族與生俱來的超能力雙眼才看得見。多虧了這雙眼睛，即使是我不想看到的也會看到，讓我開了不少『眼界』啊！

「當時，我剛好經過公園，抬頭欣賞一整片懸鈴木，發現其中一棵樹的樹梢上，有個閃閃發亮的蜂巢，看起來很神奇。我心想：『這顆蜂巢還真罕見……英國的蜂巢都會發光嗎？』正當我看得目不轉睛時，竟然看到了一群精靈出入那顆蜂巢。精靈們也對我感到好奇，開始靠近我，在我的頭上飛舞著。無論我怎麼揮手驅趕，他們都不離開，最後精靈女王飛到我身邊，停在我的頭頂上。精靈們好像很喜歡我。

「我聽他們說，由於開發新市鎮的關係，他們失去了自己的家。為了生存下去，他們只好在市區公園旁的樹梢上築巢。雖說那裡是

鄉下地方，但還是有人居住，路上還有汽車奔馳。若是不想辦法，他們的處境將愈來愈艱難。我只好將精靈一族連同他們的巢一起帶回家。從此之後，他們便在我家住了下來。我照顧他們的生活起居，他們擔任我的魔術助手。

「一般人看不見精靈，讓他們幫我完成魔術是最好不過的安排。他們幫我偷看撲克牌的數字；幫我抬起花瓶或椅子，在空中旋轉。有時候還要抬起我的身體，做出騰空飄浮的假象。自從有他們助我一臂之力，我的聲望一天比一天高。世界各地都有人邀請我去表演，舉行個人魔術秀。我每次表演一定都會帶精靈登場。

「有趣的是，精靈的生活型態和蜜蜂很像。他們的巢穴是由六角形的房間堆疊而成，裡面住著一個女王和一群雌性精靈。我特製了一個行李箱裝精靈的巢，方便出門表演時帶著走。這次到日本表演，我也帶著他們一起來。

「那個特製行李箱平時都會上鎖，但我不忍心將他們關一整天，所以晚上我鎖上房門後，一定會打開行李箱讓精靈們出來玩。每次出國旅行我都是趁著晚上，讓精靈們在飯店房間裡活動活動。

「昨天晚上我按照慣例打開行李箱，讓精靈們在房間裡自由活動。可是，今天早上我發現巢穴裡空空如也，精靈們全部不見了！

平時他們都會自己回巢，今天卻失蹤了。我找遍房間裡的每個角落，完全找不到他們，連一點蛛絲馬跡都沒留下。房間的窗戶、大門都是從裡面反鎖的，我試著從外面打開，但沒有一處打得開。我住在日式旅館『神仙閣』的貴賓套房，房間裡有露天溫泉，還設置了防

盜監視系統，如果有竊賊趁半夜溜進來，就會觸動防盜機制，櫃檯警鈴就會響起。可是，昨天晚上警鈴並沒有響。由此可見，這不是外部的人所為，也不是旅館裡的人監守自盜。我找不到任何嫌疑犯，精靈一族就這麼憑空消失。

「京十郎啊！現在只能靠你解開這個謎團，把我最寶貝的精靈們帶回來了。一定要在今天之前……不，最晚一定要在明天下午四點魔術秀開始之前把他們帶回來。拜託你了！一定要找到他們！」

鬼燈醫生聽完J大師的描述後，開口說：「我得先到現場去看一看才能評估……」

「你說得對！你現在就跟我走，我帶你去。」J大師急忙起身。

「不……」鬼燈醫生打斷J大師的話。「我跟你最好不要同時出現，兩個長得一模一樣的人走進旅館大門，無論再怎麼低調都會引起別人注意。一定會有人討論我們是誰，來旅館做什麼。我相信你也希望低調處理這件事吧？既然如此，我們之中只能有一人出馬，就由我假扮你，去調查旅館內部，你在這裡等我的消息。」

「嗯，你說得對，就這麼辦。」

J大師接受鬼燈醫生的建議，這一對雙胞胎兄弟就在我面前互換衣服。鬼燈醫生變身成魔術師；J大師打扮成醫生。

這下子我可以確定，這兩個人真的長得一模一樣，換了衣服之後，還是分不出誰是誰。正當我專心觀察眼前這一對雙胞胎兄弟之際，打扮成魔術師的鬼燈醫生對我說：「走吧，恭平！」

我嚇了一大跳。「什麼？你是說我也要去？為什麼？」

「我不知道神仙閣旅館在哪裡，你帶我去。再說，偵探身邊怎麼可以沒有助手？有個人在身邊幫忙比較方便，快走。」

我不禁在心中大翻白眼：「哼！換了衣服還是這麼會使喚人。」

我的胸口再度湧現一股不祥的預感，每次幫鬼燈醫生的忙都沒好下場，這次一定也是在劫難逃。

穿上醫生白袍的J大師對打扮成魔術師的鬼燈醫生說：

「你在斗篷的內袋找一下，那裡有一個密封的小玻璃瓶。瓶子裡裝著酒，是用精靈故鄉的玫瑰花做成的，味道很香。精靈們最愛喝酒，你帶在身上，或許可以派上用場。」

鬼燈醫生找了一下，確認小玻璃瓶在斗篷裡面後，看著我說：

「恭平，走吧！」

事到如今，我只好點點頭，跟著醫生走出醫院大門。

5 調查J大師的房間

神仙閣是我們鎮上最知名、最高級的老字號旅館。據說這裡原本是某個大富豪的宅邸，後來改建成溫泉旅館。

J大師既然能住到這間頂級旅館的貴賓套房，我猜想他一定很有錢。

旅館大廳給人一種莊嚴沉穩的感覺，我們走向櫃檯準備拿鑰匙。老實說，我內心十分慌張，但鬼燈醫生看起來氣定神閒。

「歡迎回來。」櫃檯人員畢恭畢敬的向我們打招呼並遞上鑰匙，鬼燈醫生點頭致意後，轉身往內走。

我趕緊加快腳步跟上去。

櫃檯人員雖然在一旁打量我，但沒說任何話。可能是因為我跟著J大師一起來，是J大師的朋友，所以讓我自由通行。

鬼燈醫生跟我看了一眼鑰匙圈上的房間號碼，依照房間指示圖標示的路線，走在安靜無聲的走廊上。

事實上，鑰匙圈上寫的不是號碼而是名字，J大師住在名為「桐壺之間」的房間裡。

走廊兩邊是一間間的客房，門牌寫著每間客房的名字，例如「葵」、「夕顏」、「若紫」等。每扇門的距離都很遠，由此可見每間客房都很寬敞。

我們繼續走著，走出了本館，來到連結庭院後方的穿廊。穿廊盡頭是一間四周圍繞著茂密樹林的隱密別館，那應該就是J大師住的貴賓套房。

鬼燈醫生拿出手裡拿著的鑰匙，插入鑰匙孔，順利打開大門。

門一打開我就忍不住驚呼：「哇，好漂亮喔！」

一進玄關，看見的是一個三坪大小的前廳，還有一間浴室與廁所。再往內走，是一間十坪大的日式客廳。客廳旁是一間西式裝潢的房間，裡面有一組溫馨舒適的沙發組，還有兩張柔軟的床。

我好羨慕J大師能一個人住在如此寬敞的房間，我長大後也要當魔術師！

一身魔術師裝扮的鬼燈醫生說：「好啦，我們先點個什麼東西來吃，享受一下他們的客房服務吧……」

「什麼？客房服務？」我驚訝的看著醫生。「我們不是應該要開始調查了嗎？不是要找出精靈一族的下落嗎？」

「開始工作之前總是要先吃飽吧？你想吃什麼？蛋糕？日式饅頭？巧克力聖代？想吃什麼都可以點，不要客氣。」

電話就放在日式客廳的凹間①裡，鬼燈醫生拿起話筒，打電話給櫃檯。

「喂，我是J大師，我肚子餓了，可以送點好吃的東西過來嗎？我想想啊，我想吃高級壽司、鰻魚飯、菲力牛排。還有，我親戚的小孩來找我玩，幫他挑幾樣可口的蛋糕送過來吧！對了，順便送上你們旅館最推薦的日本酒或紅酒，再來一杯天然柳橙汁給我親戚的小孩。」

我狠狠瞪著鬼燈醫生，以眼神譴責他的行為。

「醫生，你點這麼多食物，這樣好嗎？最後付錢的是J大師，又不是你。」

「哼！我可是拯救J大師此生最大危機的救命恩人！讓他請個客，吃點美食，已經算是便宜他了，他不敢抱怨的。」鬼燈醫生一臉不以為意的說。

「你真的能解決他的危機嗎？你有信心找回他的精靈嗎？」

醫生面帶微笑的回答：「交給我就對了！」

過了一會兒，旅館人員送來醫生點的豐盛美食，我和醫生一起悠閒的仔細品嚐。

百分之百的天然柳橙汁看起來好高級，雖然喝了一口之後我覺得有點酸，但是真的很好喝；搭配冰淇淋一起吃的蛋糕拼盤也是人間美味。

填飽肚子後，鬼燈醫生站在日式客廳正中間，深吸一口氣。

「好了！接下來要辦正事了，現在開始調查精靈失蹤事件吧！」

①日本和室的特有裝飾，由床柱、床框在房間一角做出一個內凹的小空間，利用掛軸、花藝盆景裝飾。

6 神奇的掛軸

我和醫生決定先從「桐壺之間」開始找起，每個角落都不放過。

「開始之前你先點這個。」鬼燈醫生拿出一瓶「妖怪眼藥水」遞給我。

「我才不要！我才不想看到妖怪，那個眼藥水會讓我一整天都看到妖怪。上次點了之後，我到半夜還是看得見。不管是洗澡還是上廁所，身邊都有妖怪，真的是嚇死我了。」

「很快就會習慣的，習慣了就好。」鬼燈醫生對我說：「這個世界上本來就是到處都有妖怪，幹麼看到就要大呼小叫的？再說，你現在的眼睛就跟裝飾品沒兩樣，既看不見妖怪也看不見精靈，在這種情形下就算找遍房間每個角落，也找不到任何東西。」

醫生說得對。我沒有其他辦法，只好拿起眼藥水，在兩隻眼睛各點一滴。

這瓶眼藥水的效果真的很好，一點見效。我睜開雙眼，看見這間頂級旅館的貴賓套房裡到處都有妖怪，有些妖怪緊貼著牆壁、有些在天花板飄來飄去，有些則攀爬在柱子上。現在即使精靈出現在我面前，我也一定也能看到。

我和醫生先鎖定J大師擺放行李的西式臥房，分頭搜索房間裡的每個角落。

我拉開地毯、掀起床單，蹲下來查看床鋪底下，尋找任何可能的蛛絲馬跡。鬼燈醫生則仔細搜查牆壁、地板、天花板和木頭家具，確認是不是有縫隙或任何精靈們可以躲藏的地方。

床頭旁有一張邊桌，上面放著一個小小的黑色行李箱。

「這就是裝精靈巢穴的行李箱……」鬼燈醫生喃喃自語的打開行李箱。

箱子並沒有上鎖，蓋子啪的一聲彈開，我瞪大雙眼看著裡面。

裡面放著一個由金色六角形堆疊而成的精靈巢穴，巢穴裡空蕩蕩的，看不見任何精靈。

閃閃發光的精靈巢穴真的很美，我不禁看得入迷，低聲的說：「他們究竟去哪裡了？會不會被他們吃掉了？」

我說的他們，指的是在房間裡晃來晃去的半透明妖怪。

鬼燈醫生默默的搖搖頭。

「不可能。你現在看到的都是些等級很低的妖怪，以人類世界的生物來比喻，就是蚯蚓或草履蟲。精靈的動作比這些低等妖怪還快，智力也較高，不可能被他們吃掉的。問題出在你現在看不見的妖怪。」

「看不見的妖怪？」我嚇得趕緊四處張望。

醫生接著說：「比這些妖怪等級更高的高等妖怪們，不會到處晃來晃去。他們一定會躲在某個地方，不輕易現身。我相信高等妖怪才是精靈失蹤事件的幕後黑手。」

醫生說完後，關上裝著精靈巢穴的行李箱，走回十坪大的日式客廳。

我們同樣澈底的搜索了日式客廳。仔細檢查牆壁是否有洞，榻榻米是否留下可疑的痕跡，天花板是否有祕密通道。

正當我在凹間四周搜索時，鬼燈醫生說：

「恭平，你看一下那幅掛軸的後面。」

牆上的日本畫掛軸看起來年代久遠，遠方有著綿延的山脈、前方有一條小河流過，河面上漂著楓葉，河邊還有小鳥正在戲水。

我小心翼翼的掀起掛軸，仔細觀察掛軸後面，發現後方的牆面發出微微的光。

我大聲驚呼：「醫生！牆壁在發光！」

鬼燈醫生一聽，趕緊過來查看。

他看著發光的牆面，喃喃自語的說：「這是精靈粉……」

我驚訝的問：「精靈粉？」

「嗯，精靈粉就像蝴蝶翅膀上的鱗粉。不過，精靈粉具有各種力量。像你這樣的人類小孩只要全身沾滿精靈粉，就能隨心所欲的飛在空中。」

「哇？真的嗎？」

鬼燈醫生完全不理會我，開始仔細查看掛軸背面。「跟我想的一樣，掛軸背面也沾著精靈粉。可以確定的是，精靈一族一定飛到了掛軸背面。可是，他們為什麼要飛到這種地方？難道是為了躲避某個東西，才飛到掛軸背面躲藏？

「牆上看起來沒有異狀，掛軸背面也沒有密道可以逃走……既然如此，精靈們到底去了哪裡？他們飛到掛軸背面之後，又消失到哪裡去了？」

「看來我們走進死胡同了。」我看著陷入沉思的鬼燈醫生，忍不住一臉擔憂的問：「接下來我們該怎麼辦？」

從現場狀況來看，桐壺是一個完全封閉的密室。既沒有通道也沒有洞孔通往外面，只有妖怪才能在不被任何人發現的情形下，成功拐走精靈。

話說回來，妖怪平時神出鬼沒，不可能留下指紋或腳印讓我們追查。他們想出現就出現，想消失就消失，不留下任何蹤跡。該怎麼做才能抓到凶手呢？

就在此時，鬼燈醫生開口說話了。「恭平，我們一定要找到目擊者才行。」

「目擊者……可是，人類看不見妖怪，也看不見精靈啊！」

醫生瞪了我一眼。「誰跟你說要找人類目擊者？當然是要找妖怪目擊者啊！我相信一定有妖怪目睹了這一切。」

「咦？要找妖怪目擊者嗎？要怎麼找？難不成要一一訊問這些妖

怪？」我大叫了起來，轉頭看向房間裡的妖怪們。

「要我解釋幾次你才懂？」醫生嘆了一口氣說：「我剛才不是說了，這些妖怪跟人類世界的蚯蚓一樣，誰會抓蚯蚓過來問事情？當然是要問等級比較高的妖怪啊！像是那些住在旅館裡，偷偷躲在暗處，不讓別人發現的高等妖怪。」

我吞了一口口水。「住……住在旅館的妖怪？」

醫生一臉神祕的從斗篷下方拿出一樣東西對我說：「就用這個。」

他拿出來的是一個小小的圓形陶笛。陶笛上畫著兩隻互相追逐的蝌蚪，一黑一白。這個圖案我以前看過。

「這個圖案跟『占卜鈴』一樣。」我說。

醫生點點頭說：「沒錯。占卜鈴可說是妖怪探測器，當能力較強的妖怪靠近就會響起。這個占卜笛的作用則是呼喚妖怪，只要吹奏就能吸引附近能力較強的妖怪。」

「呼喚……妖怪？現在？把妖怪叫出來？」我嚇得四處張望，內心感到十分驚恐。「要是吹奏之後，把那些凶狠的妖怪吸引過來，我們該怎麼辦？」

醫生自信滿滿的說：「不用擔心，平時出沒在深山原野的妖怪有些的確天性殘暴，但住在一般人家的妖怪，個性大多溫馴親和。

棲息在人類身邊的妖怪與野生妖怪不一樣，你可以放心，絕對不會有事的。」

說完之後，醫生開始吹起占卜笛。

7 座敷童子

占卜笛樸實的樂音響徹整個房間。

我保持警戒狀態，做好準備，屏氣凝神聽著可以呼喚妖怪的占卜笛聲。

我的心臟撲通撲通跳，我忍不住猜想會有什麼妖怪從哪裡地方出現？

鬼燈醫生吹奏了一會兒，桐壺之間安安靜靜的，沒有任何妖怪即將現身的動靜。鬼燈醫生和我站在原地，瞪大雙眼四處張望。

就在此時，日式客廳外的緣廊②響起一陣腳步聲，啪噠啪噠的從右邊跑到左邊。

接著又砰咚砰咚的從左邊跑到右邊。

我的雙眼隨著腳步聲左右移動，但一直沒看到腳步聲主人的盧山真面目。

「請你現身。」鬼燈醫生說：「讓我看看你是誰，我有事想要問你。」

沒想到話一說完，某個看不清楚的形體輕飄飄的出現在理應空無一人的緣廊拉門陰影處。

現身的是一名清湯掛麵頭的女孩……嗯，看起來也像是個男孩？總之是一位約莫五、六歲的小孩，穿著舊舊的深藍色和服，過短的和服下襬露出一雙細細的腿。看起來不像是妖怪……難道是鬼？不對，如果是鬼，怎麼會有腳？

醫生像是看穿我的心思，對我說：「恭平，他就是住在這棟房

子裡的座敷童子。」

「座、座敷童子？」

鬼燈醫生點點頭接著說：「就是住在老房子或倉庫裡的小孩妖怪。相傳座敷童子能為家宅帶來好運。」

「噢……我想起來了，我聽過座敷童子。」

鬼燈醫生當著我的面，對悄然現身的座敷童子說：

「謝謝你願意現身。之前幫你治療右手大拇指的骨折都好了嗎？不要莽莽撞撞的，小心手指又被客房的門夾傷！言歸正傳，這次請你出來是有原因的。你知道昨天晚上這個房間裡發生什麼事嗎？你要是知道，請統統告訴我。我們正在尋找昨天失蹤的精靈一族。」

座敷童子骨碌的轉動著一雙大眼，並用眼神餘光看著我，微微的笑了起來。接著他抬起下巴，指著我說：「手錶。」

鬼燈醫生跟著複述一次：「手錶？」

我嚇了一跳，看向左手腕上被座敷童子盯著看的手錶。

這是一只銀色的金屬材質電子手錶。我媽媽為了讓我養成準時回家的習慣，特地買了這只錶給我。只要一到下午五點，鬧鐘就會響，我就得回家。雖然這不是什麼名貴的手錶，但是我很喜歡。

座敷童子一直盯著我的錶，醫生便開口問他：「你想要嗎？」

座敷童子笑著點點頭。

「這樣啊。」接著醫生對我說：「我想他的意思是，只要你把手錶送給他，他就願意回答我的問題。」

「哪有這種事？」我大叫著轉頭看向座敷童子。

座敷童子還是一臉淡然的微笑著。

這傢伙在打什麼主意？怎麼有這麼厚臉皮的妖怪？

我忍住怒氣，克制自己不要罵出來，沒想到鬼燈醫生竟然說出令我跌破眼鏡的話。

「恭平，我想這件事只能這麼解決，為了查個水落石出，你就把手錶送給座敷童子吧！」

「你說什麼！」我忍不住大吼，瞪著醫生。「我才不要！這是我媽媽買給我的手錶。」

「好好好，你先冷靜一下，不要這麼生氣。」醫生試著安撫我的情緒，接著又溫和的說：「不要擔心，我不會害你的。你先忍一忍，把你的錶送給他。」

又來了！每次遇到鬼燈醫生就沒好事。

我很想拒絕，然後立刻轉身回家，但我也很想知道昨天晚上這個房間到底發生了什麼事。

我還在猶豫不決時，鬼燈醫生湊近我耳邊，悄悄的說：「不要擔心，那傢伙一看到亮晶晶的東西就想要，但他很快就會膩了。玩膩之後，一定會把東西還給你的。像他之前也想要我的反射鏡，我送給他之後，沒多久他就把反射鏡放回我診間裡的辦公桌上。」

我很懷疑醫生說的話有多少可信度。我一臉狐疑的來回看著鬼燈醫生和座敷童子，最後大大的嘆一口氣，拿下手腕上的錶，遞給笑咪咪的座敷童子。

醫生見我交出手錶，便對座敷童子說：「這下子你開心了吧？快告訴我昨天晚上你看到什麼？」

座敷童子將我的手錶戴到自己手上，滿意的欣賞著。

我壓住滿腹怒氣，等著座敷童子回答。

「我什麼都沒看到。」

我瞪大雙眼，他竟然這樣說！

座敷童子繼續說：「我什麼都沒看到。不過，深夜的時候我有聽見水聲。我聽見很大的沖水聲。就是這樣，拜拜啦！」

座敷童子一眨眼便消失，帶著我的手錶一起消失了！

我生氣的大吼：「醫生，你聽見了吧！他什麼都沒看到，竟然還敢厚臉皮的拿走我的手錶！」

鬼燈醫生無視於我的怒氣，雙手抱胸，陷入沉思。不久後，他說：「他什麼也沒看到，卻在大半夜聽見很大的沖水聲，這是很重要的線索。為什麼大半夜會出現水聲？難道有人趁著深夜在浴室裡用水？」

鬼燈醫生說完便往玄關旁的浴室走，我趕緊跟上。他打開浴室大門，裡面有一個很大的檜木浴池，整體空間營造出傳統的日式氣氛。

這裡雖然比不上「大浴場」，但以室內浴場而言，可說是相當舒適寬敞。以木板鋪成的挑高天花板，從浴池旁的大窗戶可以看見美麗的日式庭園，庭院裡也有露天浴池，真不愧是貴賓套房啊！

根據座敷童子的證詞，這裡「昨天深夜傳出水聲」，鬼燈醫生打算好好調查一番。

醫生站在浴室門口，再次拿出占卜笛吹了起來。我被他突如其來的舉動嚇了一跳。不知道他這次想呼喚誰，待會兒又會有什麼妖怪跑出來……

---

②日式建築裡位於屋簷下的走廊，可供人欣賞風景、休息乘涼。

8 垢嘗

占卜笛樸實的樂音響了起來。

不一會兒，浴室裡開始冒出像水蒸氣般的煙霧。此時，從天花板傳來說話的聲音。

「是誰在叫我？」

我嚇了一跳。抬頭一看，發現有隻妖怪出現在天花板的陰暗角落裡。

這次出現的是一隻全身漆黑的大章魚，看起來就是妖怪無誤！

那隻大章魚的頭上還有一張像人的臉，上面有大大的眼睛、圓滾滾的鼻子，還有一張咧起來足以將臉分成兩半的大嘴。鬼燈醫生這次也很好心的向我介紹：「這是住在浴室裡的垢嘗。」

垢嘗！我聽過這個名字！我記得他們習慣住在老舊浴室裡，舔食浴桶裡的汙垢，是一種很骯髒的妖怪。

醫生轉頭問候垢嘗：「好久不見了，你看起來氣色很好啊！上次見到你的時候，你得了很嚴重的腺病毒感染，現在好了嗎？」

垢嘗癟著嘴，一臉痛苦的說：「那個時候真的好慘啊……」

「我看你還是不要再舔游泳池裡的汙垢比較好。」

聽到醫生的話，我嚇出一身雞皮疙瘩。

這個對話聽起來就像浴室裡的汙垢已經無法滿足垢嘗，他才會特地跑到游泳池去舔汙垢，才會染上腺病毒。這個世界上怎麼會有這麼骯髒的妖怪？

接著醫生開門見山的問：「我請你出來是有事找你。我想知道昨天晚上桐壺之間發生了什麼事，如果你知道，請告訴我。我們正在尋找昨晚失蹤的精靈一族。怎麼樣？你昨天晚上有聽見或看見什麼嗎？無論是多小的事情都沒關係，請你告訴我。」

垢嘗吸附在天花板的角落，兩隻大眼睛骨碌碌的轉動著，又黑又

長的舌頭從血盆大口中伸出，一邊舔著嘴，一邊看著我說：「給我舔一口。」

我嚇得大叫：「你說什麼！」

什麼叫「給我舔一口」？我感到十分恐懼，我可以想像接下來會發生什麼事。果然，鬼燈醫生開口了。

「這樣啊！你想要舔一口這個小孩，才願意說出你昨天晚上看見了什麼，對吧？」

垢嘗點點頭說：「嗯，沒錯。這間浴室太乾淨了，一點汙垢都沒有。我每天都餓肚子。可是，我現在又不敢去游泳池，就讓我舔一下這個小孩的脖子吧！讓我舔一下，我就告訴你昨天晚上發生的事情。」

我立刻大吼：「我不要！」一想到要讓這隻長得像黑色大章魚的垢嘗用又黑又長的舌頭舔一口，我就全身發麻。

我當場就想逃出浴室。鬼燈醫生見狀，一手抓住我的衣領，開始安撫我：「別逃，別害怕啊！讓垢嘗舔一口又不會少一塊肉，他還能幫你清除汙垢，變得很乾淨呢！再說，你剛剛還吃了『蛋糕拼盤佐冰淇淋』，不是嗎？俗話說拿人手短，吃人嘴軟，你有義務協助調查喔！」

「你太狡猾了，好過分！竟然用蛋糕釣我！要是我知道吃了蛋糕就要被妖怪舔一口，我剛才就不會吃了！」

趁著我大吼大叫之際，一根又黑又長的舌頭突然從天花板伸了過來。

迫不及待的垢嘗突然伸出舌頭，舔了一下我的後頸。

我忍不住尖叫！垢嘗的舌頭像貓舌頭一樣粗粗的，被他舔一口真的很痛。

垢嘗心滿意足的說：「嗯，還是新鮮的汙垢最好吃。」

「這樣可以了吧？」鬼燈醫生冷靜的說：「告訴我你知道什麼。」

垢嘗還在用舌頭舔嘴，回味剛剛的好滋味。接著他想了一會兒，張開大口回答：「我昨天半夜聽到鳥叫聲，還聽見水流的聲音……不過，那些聲音不是從外面傳進來，而是從桐壺之間的某個

地方傳出來的。當時我還覺得很奇怪。」

醫生接著問：「水聲……不是浴室流的水嗎？」

「不，不是浴室，也不是洗臉臺或廁所的水，聲音聽起來不一樣。那個水聲像是河流的水。」

「啊！」我又再次大聲尖

叫。沒想到垢嘗又趁我不注意的時候，舔了我脖子一口！

舔完後，垢嘗咻的一聲便消失了，原本籠罩在浴室裡的霧氣也隨即消散無蹤。

9 魔術王・帕迪尼

叮咚！

此時門口傳來清脆的鈴聲，那是對講機的呼叫聲。

桐壺之間的玄關裝了一個跟一般住家大門一樣的對講機。

叮咚！鈴聲再次響起。我跟鬼燈醫生在浴室裡對看了一會兒，不知該如何反應。

咚！咚！咚！咚！這次傳來的是敲門聲。

「哈囉！J！是我，魔術王・帕迪尼。我來找你討論明天魔術秀

的內容。」

由於浴室就在玄關大門旁，不用透過對講機也能清楚聽見帕迪尼的聲音。

「嘿！快點開門！」

我突然想起之前在中央圖書館看到的J大師魔術秀海報，海報的角落好像寫著「神祕嘉賓」這幾個字。我記得嘉賓的名字就是「魔術王．帕迪尼」。

我對醫生說：「他要你開門。」

醫生一臉嚴肅的點頭說：「我知道。」

「喂！J！我知道你在裡面，你不是要我今天過來討論表演內容嗎？你把我叫來又不開門，搞什麼鬼？」

醫生喃喃的說：「這下糟了。」

「怎麼會？哪裡糟了？一般人根本看不出你是假的，怎麼看你都是J大師。」

醫生回答：「就算外表看起來一樣，內在也完全不一樣。我根本不會變魔術，就連發撲克牌都不會。」接著他「嘖」了一聲，繼續說：「京士朗這傢伙完全沒跟我說他約了別人來談事情，他一定是忘記了。」

「J！我進去嘍！」話一說完，外面便響起開門的聲音。

此時我又想起，我們忘了鎖上玄關大門。個性大剌剌的魔術王．帕迪尼就這麼逕自開門走了進來。

「沒辦法，只好用這一招了。」鬼燈醫生輕輕嘆了一口氣，從口袋拿出一樣東西對我說：「你把這個貼在胸口，隱形起來。」

醫生拿出的是「避人護身符」。我記得之前他到我的學校找食影蟲時，曾經貼在自己身上，讓其他人看不見他。

「聽好了，你把自己隱形起來，幫我的忙。」

「我要怎麼幫你？」

「我也不知道。」醫生說：「到時候臨機應變，要是我待會必須表演撲克牌魔術，你就偷偷幫我看對方抽的牌再告訴我。要是我必須表演讓花瓶在空中飄浮的魔術，你就幫我抬起花瓶。」

「這是作假！」我忍不住抱怨。

醫生眼神凶狠的瞪著我說：「你聽好了，我不是魔術師，我是妖怪內科醫生。一個醫生如果不作假，怎麼變魔術？」

正當我思考該怎麼反駁他時，浴室外傳來帕迪尼的聲音。

「喂！J，你在哪裡？你在上廁所嗎？」

「一切全看你的了。」醫生將護身符貼在我的胸口。

浴室的門刷一聲的打開了。身穿T恤、牛仔褲，頭上頂著類似印度國王包巾，打扮怪異的帕迪尼看到J大師站在浴室裡，驚訝的看著他。相較於骨瘦如柴的鬼燈醫生，帕迪尼渾身圓滾滾的，留著一大把又長又捲的鬍子，從鼻子遮到胸前。

「你在做什麼？」帕迪尼問。

醫生一臉鎮定的站在浴室中央回答：「我等你好久了，現在開始討論吧！」

他們走回西式房間，坐在沙發上。帕迪尼一臉狐疑的看著鬼燈醫生，開口問：「你剛剛為什麼不開門？幹麼待在浴室裡？」

「沒什麼……我在練習新的魔術，沒聽到對講機響了。」

「新的魔術？」帕迪尼的雙眼立刻發出驚人的光芒。「你在浴室練習新的魔術？是會用到水的魔術嗎？快告訴我大概是什麼樣的內容？」

「不、不、不。」打扮成魔術師的鬼燈醫生搖頭說：「那還是個構想，還不到可以對外說明的程度。先別說這個了，趕緊來討論明天魔術秀的表演內容吧？」

「這樣啊……嗯，也對。」

我偷偷站在他們旁邊觀察討論情形。我身上貼著「避人護身符」，所以帕迪尼看不見我。我相信他也看不見那些在房間裡飄來飄去的妖怪們。

我明明在這裡，卻沒人看見，這種感覺真奇怪，總覺得我現在跟妖怪是一夥的。

我看到一隻像是果凍做成的大型變形蟲，吸附在帕迪尼的頭巾上，身體一會兒伸長、一會兒縮短。還有一條透明的蛇潛入他那蓬

鬆的鬍子裡，看到蛇從他的鼻子下方鑽出來時，我差點笑出來。

帕迪尼完全沒察覺到這些事情，專心的與J大師，不，是打扮成J大師的鬼燈醫生討論自己何時出場，還有表演內容的順序等事宜。鬼燈醫生很巧妙的配合帕迪尼說的話，沒有露出破綻。

他明明連發撲克牌都不會，卻一臉從容的說什麼「對，嗯，就這麼辦。」、「等一下，我覺得這項魔術不太適合這次的表演。」

討論了一陣子之後，帕迪尼說：「好的，我想大致的流程就這麼說定了。至於第三項魔術要由誰來表演，就讓我好好想一想，我明天早上回答你。」

正當我慶幸事情進行得很順利時，沒想到帕迪尼突然又說：「哎呀，話說回來，你還真受歡迎啊！現在全世界都有人爭相邀請你去表演魔術，想當初我和你還在百貨公司的魔術用品賣場兼差從事現場表演呢！那時候我一直認為自己的技巧比你好，現在的我完全比不上你，你真的變得好強啊！」

聽到帕迪尼的讚美，鬼燈醫生不好意思的說：「沒有啦，你太客氣了。」

帕迪尼還沒說完，繼續大力讚美J大師。「哎呀！你不用這麼謙虛。你最近的魔術技巧可說是出神入化，身為同業的我也看不出你究竟是怎麼做到的。不僅創意獨特，設計的機關也很巧妙。我最讚賞的就是一連串的空中飄浮幻覺魔術，看得我情緒激昂，久久無法自己！」

「哪裡，哪裡。」鬼燈醫生已經開始飄飄然。此時，帕迪尼說出他此行最大的目的。

「J，算我求你，你可以在這裡表演一下飄浮魔術給我看看嗎？

我相信你一定做得到，還是說……你沒有道具就做不到呢？」

帕迪尼的雙眼露出一抹不懷好意的精光，原來他真正的目的是想測試J大師。

幸好鬼燈醫生早就想到這一點，他為了避免露出破綻，特地在我胸口貼上「避人護身符」，要我協助他變魔術。

醫生點點頭說：「好吧，你希望什麼東西飄浮在空中呢？你說得出來的，我都能做到。」

這下子該我出場了。

帕迪尼考慮了一下才說：「既然你都這麼說了，那我要你飄浮在空中。」

我在心中大喊不妙！我只是一個小孩，怎麼可能舉得起鬼燈醫生呢？

醫生沉穩的回答：「我拒絕。讓我自己飄浮在空中是一項極度耗費精力的魔術，不適合只有一個觀眾時表演。」

說得真好！帕迪尼似乎也接受了。他看了一下房間，接著說：

「那麼，那張茶几可以嗎？與沙發成套的茶几。」

我又在心中大聲吶喊著：「他幹什麼老是指定那麼重的東西啊？不能選菸灰缸或打火機嗎？」我不禁翻了好幾個白眼。

鬼燈醫生裝模作樣的張開雙手，再慢慢往上舉起。「好吧！你看仔細了。」

事到如今，我只好配合醫生雙手的動作，用盡全力舉起沉重的木製茶几。

帕迪尼屏住氣息，靜靜看著茶几。

鬼燈醫生接著將手放下，我也努力配合他的手勢，將茶几放回地毯上。

帕迪尼看得入迷，忍不住拍手叫好。「真是太厲害了！那麼……遠一點的東西也可以嗎？你可以讓那盞放在房間角落的立燈也飛起來嗎？」

不會吧！我還來不及反應，鬼燈醫生便說：「好吧！」

這傢伙又得意忘形了！完全不考慮別人的感受！我生氣的走到房間角落，用力舉起立燈。

「真是太厲害了！簡直是奇蹟啊！」帕迪尼的讚美讓鬼燈醫生心情大好。

「我不只能讓立燈飛起來，你好好看著，我還能讓它旋轉！」

我忘了自己正處於隱形狀態，脫口驚呼：「旋轉？」

帕迪尼驚訝的四處張望。「你有沒有聽到什麼奇怪的聲音？」

醫生沒有回答帕迪尼的問題。他咳了一聲說：「旋轉吧！立燈，旋轉吧！」

「可惡！待會我一定要跟他討打工費！」我在內心不斷咒罵鬼燈醫生，將立燈高高舉起，當場旋轉三次。

「太完美了！」帕迪尼一邊說著，一邊從沙發上站起來……下一秒突然朝我這裡衝過來！

我嚇了一跳，維持高舉立燈的姿勢。帕迪尼在我面前停下來，仔細端詳立燈。

看樣子他應該是在檢查立燈上有什麼機關，是否用鋼絲吊著，或有什麼奇怪之處。

我知道帕迪尼看不見舉著立燈的我，但我沒辦法裝作若無其事。維持站著不動高舉立燈的姿勢，而且還不能呼吸，讓我冷汗直流，浸溼了整個背部。帕迪尼的鼻子幾乎快要碰到我的鼻子，他的眼神充滿懷疑，更不懷好意，幾乎是以雞蛋裡挑骨頭的態度盯著立燈看。接著他慢慢的伸出手，只差一點指尖就要碰到我了。

就在我快撐不下去的時候，鬼燈醫生迅速下達指令：「立燈，下來！」

我一聽便立刻鬆開雙手，沉重的立燈砰的一聲掉在地板上。

「哇！」帕迪尼慘叫一聲，掉在地上的立燈正巧砸到他的腳趾頭。

「好痛啊！痛痛痛痛……」帕迪尼舉起被砸到的腳，用另一隻腳到處跳來跳去。

鬼燈醫生看他如此狼狽，笑著說：「我看今天就到此為止吧！你也差不多該回去了，明天的表演我還有很多事情要準備。」

帕迪尼一臉不服氣的樣子，又是咋舌、又是縮肩，看起來很不滿。他嘀咕著：「我輸了，我還是看不出他在耍什麼把戲……」

雖然他說得很小聲，但我還是聽見了。

帕迪尼對鬼燈醫生說：「J，那我先走了，明天會場見。」說完便拖著一隻腳走出去。

我撕下胸口的護身符，質問鬼燈醫生：

「醫生！你竟然要我旋轉立燈，你是什麼意思？你只顧著耍帥的說『好吧』，我就得舉起茶几和立燈，你知道那有多重嗎？」

醫生一副事不關己的態度說：「哎呀！你不知道，那種感覺真的很爽。只要你貼上護身符之後與我聯手，我也能成為創造奇蹟的魔術師。」

「你在開什麼玩笑？你該不會忘了我們為什麼來這裡吧？我們不是來表演作假的魔術，是來調查精靈的下落！」

鬼燈醫生看著滿臉怒氣的我，笑著說：「我已經知道精靈一族在哪裡了。」

10 鐘淵的河童

「什麼，你已經知道了？」我驚訝的看著鬼燈醫生。「這是怎麼一回事？你什麼時候發現的？精靈一族在哪裡？」

鬼燈醫生不發一語，靜靜盯著日式客廳的一角。我順著他的視線，看向那幅掛在凹間裡的掛軸。鬼燈醫生依舊不說話，直接走到掛軸前。從斗篷裡拿出占卜笛對我說：「通常老舊字畫裡也會有妖怪棲息。」

話一說完，他便吹起占卜笛，日式客廳裡響起樸實的樂音。

我屏住氣息，默默看著掛軸。

掛軸沒出現任何異狀，也沒出現任何妖怪……就在此時，我突然聽見水流聲。

水流的聲音很強……聽起來應該是瀑布的聲音。不只是瀑布聲，還夾雜著鳥鳴聲。彷彿掛軸裡的風景開口說話，低聲吟唱。

掛軸裡的場景紋風不動，沒有任何變化。不過，聲音卻愈來愈大聲，愈來愈清晰。

鬼燈醫生小聲的對我說：「你看到的只是貼在畫作表面上的薄膜，就像身體表面的皮膚一樣。皮膚裡有肉，有血液流過，這幅畫的薄膜後面也有另一個世界，妖怪們就住在那裡。你看仔細一點，待會有個東西會從裡面的世界現身。」

醫生才剛說完，掛軸裡的畫便像是蒙上一層雲霧，看起來朦朧不清。某個物體突然從畫裡的瀑布水潭探出頭來。

「是誰在呼喚我？」一隻河童探出頭。他的臉是綠色的，還有一張尖尖的嘴，頭上禿了一塊，像是頂著一個圓盤。

醫生對畫裡的河童說：

「我還以為是誰，原來是鐘淵的瑞光坊啊！你在這裡做什麼？」

河童瑞光坊回答：「人類在龍尾川的上游蓋了一座水庫，我們只好離開鐘淵，搬到這幅畫裡住。話說回來，你幹麼穿得怪模怪樣出現在這裡？你來這裡做什麼？」

從兩人的交談內容來看，他們應該原本就認識。

鬼燈醫生回答：「不瞞你說，我在找昨天失蹤的精靈一族，我希望你能幫我。」

瑞光坊看著醫生的雙眼突然閃了一下。

鬼燈醫生接著問：「我希望你能老實告訴我，精靈們是不是在這幅畫裡？」

我嚇了一跳，抬頭看向醫生。

瑞光坊笑咪咪的說：「是啊！」

我轉頭盯著瑞光坊，很驚訝他竟然這麼乾脆就承認了。

「是不是你們把他們帶走的？」聽見醫生這麼問，瑞光坊縮著肩膀回答：「我才沒帶走他們呢！昨天晚上是滿月，客廳裡灑滿月光。我們出來賞月戲水，那些精靈就全部飛到掛軸四周，跳起舞來。可能是我們出來賞月時喝了山楂酒，精靈們一聞到山楂酒的味道就被吸引過來了。他們一會兒飛到掛軸後面，一會兒又衝撞掛軸表面，想要進入畫的世界裡。後來月亮移動了位置，月光穿透窗戶照射在掛軸上。

「你應該知道吧？滿月之夜時，只要順著月光走，妖怪就能到任何地方去。滿月的月光就是通往任何世界的道路。我們也是七年前的秋天趁著滿月之夜，順著月光大道從鐘淵搬到這幅畫裡。

「那些精靈也跟妖怪一樣，可以順著月光大道到任何地方。他們透過滿月之夜的月光大道，進入我們的世界裡。俗話說『飛蛾撲火』，他們是『精靈撲畫』呢！呵呵呵……」

瑞光坊說著冷笑話，自顧自的笑了起來。

鬼燈醫生靜靜盯著瑞光坊，對他說：「把精靈一族還給我。」

瑞光坊態度高傲的回答：「做不到。我說過了，精靈們又不是被我們抓走的，是他們自己要進來的。」

「你說得沒錯，我沒有指責你們的意思。不過，那些精靈明天有重要的工作要做，所以我一定要把他們帶回人類世界。我希望你能幫我把他們帶回來。」醫生用之前說服我時的溫柔語氣，對河童說。

「拜託你，我知道你一定有方法。你一定知道怎麼將精靈一族從你的世界帶回我這裡，請你告訴我好嗎？」

瑞光坊依舊冷漠的拒絕。「我已經說過我做不到了。真要帶他們回去，就等下一次的滿月之夜吧！」

畫裡的河童一說完，便打了一個大大的呵欠，鬼燈醫生還來不及挽留，他就丟下一句再見，隨即潛入畫裡的水潭，消失無蹤。

「嗯，這下子棘手了……」醫生雙手抱著胸說。

我一臉擔憂的問：「我們該怎麼辦？瑞光坊說得等到下一次滿月之夜才能帶精靈一族回來，也就是說這段期間內，他們必須待在畫裡……那他們根本沒辦法參加明天的魔術秀啊！」

「嗯，所以我才說棘手，真的很難辦。我本來打算用京士朗給我的玫瑰酒引誘精靈出來，再用蜘蛛網把他們抓起來。但現在根本沒辦法將他們帶出畫裡的世界，我也束手無策。畢竟人類世界和畫裡的世界沒有通道相連，玫瑰酒的味道沒辦法傳到畫裡去……」鬼燈醫生喃喃自語著，在掛軸前面走來走去，簡直就像動物園裡的熊。

我站在一旁默默看著他，心中忍不住想，這個世界果然沒有想像中那麼簡單。我們好不容易才找到精靈一族的去向，卻無法打開隔絕兩個世界的大門……

「有沒有什麼方法可以開門呢……有沒有什麼咒語或是鑰匙之類的……」我喃喃的說。

「有了！」醫生突然大叫一聲，我嚇得跳了起來。

「你想到什麼了嗎？」

醫生興奮的說：「大門，只要把門打開就好了！雖然沒有路，但只要有門就能連結兩個世界。」他露出大大的笑容，拍了一下我的肩膀。「你身上就有開門的鑰匙啊！」

「咦？……什麼？我身上有鑰匙？」

「沒錯！就是我送給你的鬼燈球魔法鈴，理論上它可以打開所有的門。」

「鬼燈球魔法鈴？噢，你是說這個嗎？」我大聲驚呼，趕緊將手伸進口袋。

醫生見狀，立刻提醒我：「小心拿，不要搖出聲音！」

我遵照醫生的叮嚀，用手握緊小小的魔法鈴，小心翼翼的拿出口袋。

醫生滿臉笑容的對我說：「很好，做得好。你先好好拿著，等我的暗號再搖鈴。」

醫生將手伸進斗篷內袋，找了一會兒，拿出一瓶用軟木塞密封的玻璃瓶。

「找到了！這就是京士朗說的，精靈一族最愛的玫瑰酒。只要讓他們聞到酒的味道，一定能吸引他們現身。等到他們全部出來，我就用這個將他們一網打盡。」醫生一隻手拿著玻璃瓶，另一隻手伸到我面前打開。

「這是……蜘蛛網！」我看到醫生手掌裡的白繭，忍不住驚呼。

之前醫生混進我的學校抓妖怪時，曾經用過這項道具。

醫生笑著對我說：「恭平，一切準備就緒。你可以搖鈴了。」

我深吸一口氣，拿好手裡的鬼燈球魔法鈴。

「我要搖鈴嘍！」

聽我這麼一說，醫生拔掉玻璃瓶上的軟木塞，一股神祕的玫瑰甜香從瓶子裡飄出來。

我深吸一口氣，讓胸腔充滿玫瑰香氣，穩定心神後，輕輕晃動

鬼燈球魔法鈴。

叮鈴、叮鈴。清脆的鈴聲響起，我看到掛軸上的畫又像蒙上一層雲霧，顯得朦朧不清。

就在此時，我似乎看到畫作裡有動靜，照射在瀑布水潭的一道光芒，無聲的往旁邊移動，後方出現一個黑色大洞。

鬼燈醫生小聲的說：「門開了。」

畫作裡又傳出水流聲。瀑布的聲音摻雜著鳥叫聲，除此之外，

我還聽見其他的聲音。

11 四處飛舞的精靈

那股聲音剛開始很細微，像耳鳴一樣虛幻。感覺像是有個東西在耳朵深處鳴叫著……

後來聲音漸漸變得清明，愈來愈大聲。仔細一聽，我發現那是昆蟲拍動著翅膀，往我這裡飛來的聲音。

鬼燈醫生壓低聲音提醒我：「要來了！」

我屏住呼吸，專心盯著掛軸。

我發現畫作的黑洞中，有個東西在發光……那道光愈來愈強、

愈來愈亮，往我和鬼燈醫生衝過來。

「你幫我拿著這個。」醫生將打開的玻璃瓶塞到我手裡，接著調整呼吸，拿出白繭，對準往我們飛過來的物體。

突然間，幾十隻昆蟲從光線中飛出來……不，不對，昆蟲本身就是那道光。原來是昆蟲在發光！

我猜想這些應該不是昆蟲，而是精靈？可是，他們實在太小，看起來就像是有翅膀的發光昆蟲。

一隻又一隻的發光精靈從畫作裡飛出來，全部聚集在我手中瓶子的四周。

玻璃瓶不斷散發出玫瑰香氣，我仔細觀察圍繞在瓶子四周飛舞的精靈們。鬼燈醫生早已準備好白蘭，耐心等待灑網時機。

「就是現在！」醫生甩出白蘭，讓它在空中瞬間爆開，形成一張大大的蜘蛛網，將所有精靈包覆在網子裡。

網羅所有精靈的蜘蛛網縮回小小的白蘭，掉在鬼燈醫生手中。醫生爽快的宣布：「大功告成！」

就在此時，我聽見桐壺之間傳來嗶嗶嗶、嗶嗶嗶的熟悉聲響。

我四處查看聲音的來源。醫生將手伸到緣廊的門楣上，拿了一個東西，放在我眼前。

「你看，座敷童子將錶還給你了。」

「哇，怎麼會這樣？」我的手錶明明被座敷童子帶走了，怎麼會出現在這裡？

「我不是告訴過你，要你不用擔心的嗎？」鬼燈醫生笑著說。「座敷童子對任何事物都三分鐘熱度，他已經對你的錶沒興趣，才會拿來還你。這可是座敷童子戴過的錶，你戴在自己的手上一定會有好運降臨。」

我從醫生手中接過手錶，戴回自己的左手上，再關掉從剛剛一直響到現在的鬧鐘開關。現在已經五點，我該回家了。

醫生對我說：「今天的工作結束了，我們差不多該走了。」

醫生與我成功找回精靈一族，拯救了J大師這一生最大的危機。

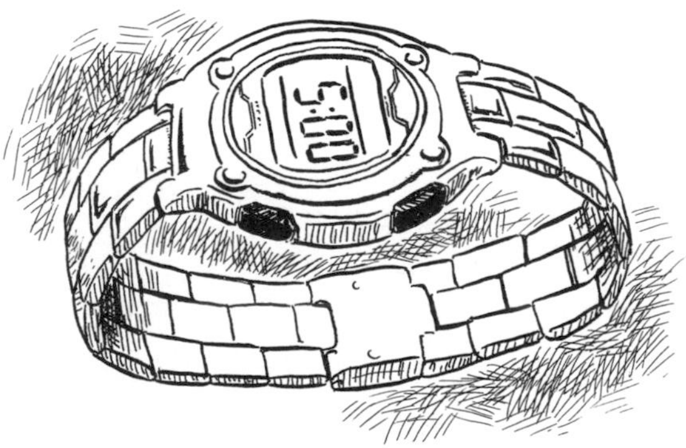

12 創造奇蹟的魔術秀

我不知道這件事之後，鬼燈醫生向J大師要求了什麼樣的謝禮。

不過，星期天早晨，我家信箱裡躺著一個寫著「峰岸恭平先生啟」的信封，裡面裝的是一張魔術秀招待券。

感謝J大師送我招待券，我可以坐在第一排欣賞創造奇蹟的魔術秀。表演真的很精采，J大師創造了一個又一個奇蹟。

J大師首先邀請不同座位區的觀眾抽一張撲克牌，一一答對了他們手中的牌。接著又輕鬆的讓擺放在舞臺上的維納斯石膏像、皮革沙發與大型花瓶飄浮在空中。就連觀眾戴的帽子和包包，也成為空中飄浮魔術的道具之一。

當天最讓觀眾驚喜的壓軸表演就是「奇蹟的脫逃術」。

表演這項魔術時，舞臺正中央出現了一個裝滿水的透明箱子，看起來像是一座透明游泳池。

我還在想那個箱子要做什麼時，天花板出現了一個又窄又長的黑色箱子，朝游泳池裡降下。

黑箱子上開著一扇大窗，J大師從窗戶中探出身體，向現場所有觀眾揮手致意。接著，他就這樣待在黑箱裡，跟著一起沉入透明大水箱中。往下降至一半時，J大師躲進黑箱，關上窗戶，黑箱一口氣沉入水中。透明大水箱濺起水花，從黑箱縫隙冒出的空氣在水裡形成一串串白色氣泡，不久便慢慢平靜下來。黑箱上方持續冒出一條白色氣泡，代表J大師還待在黑箱裡。

會場裡響起計時的聲音，滴答滴答的聲響吸引全場觀眾的注意。

就在此時，整個會場內突然出現一陣比時鐘聲響還大，聽起來有些驚悚的笑聲。

觀眾席開始鼓譟，所有人都在四處張望，沒想到表演廳最後方的一扇門突然大開，炫目的燈光從某個人的背後打進來，映照出清晰的剪影。

我不由得叫了一聲，接著聽見後方觀眾席傳來一陣陣窸窣聲，驚叫聲此起彼落，現場騷動不已。

「是J大師！」

「真的！真的是J大師！」

「哇！J大師是怎麼從箱子裡逃出來的啊！」

驚叫聲瞬間變成歡呼聲，不一會兒，整個表演廳充滿了如雷貫耳的掌聲。

在現場觀眾的掌聲和歡呼聲中，J大師用力甩動斗篷，從觀眾席之間的走道，擺出華麗的姿態走上舞臺。

J大師輕輕揮手，向全場觀眾致意。

不少觀眾從座位上探出身體、伸長了手，J大師也一一握手致意，緩緩走向舞臺。

我來回看著舞臺上仍沉在水裡的黑箱，和走道上的J大師。黑箱還持續冒著白色氣泡，代表那裡面有人，我很好奇那個人是誰。J大師到底是什麼時候從箱子裡脫逃出來的？從黑箱的窗戶關上完全沉入水中，到J大師從表演廳後方現身的這段時間，應該還不到十秒鐘，他怎麼可能這麼快就逃出來，還出現在距離這麼遠的地方？

此時J大師正好經過我身邊，我抬頭看著他，他也快速的瞄了我一眼，我們正好四目相對。

就在這一刻，他似乎對我眨了眨眼。

我不明白他為什麼要對我眨眼。只見J大師瀟灑的甩動斗篷，身輕如燕的跳上了舞臺正面的階梯。

J大師站在舞臺正中央，聚光燈打在他身上，他對著全場觀眾深深一鞠躬。

現場再次掀起熱烈的掌聲和歡呼聲。

J大師站直身體，雙手拉開斗篷，從舞臺右側離開。同時，黑箱從透明大水箱往上升起，發出轟轟的水聲。

黑箱離開水面後一直在滴水。

就在這時候，黑箱的窗戶突然打開，聚光燈立刻朝窗戶打去，觀眾席又傳出一陣驚呼。

只見全身溼淋淋的J大師從窗戶探出身體，朝觀眾席用力揮手。

我知道這一切都是精靈一族的功勞，因為在表演過程中，我曾聽見耳朵深處傳來翅膀拍動的細微聲響。

我相信那位名聞遐邇的妖怪內科名醫鬼燈京十郎醫生，一定也參與了壓軸的逃脫術表演，才能讓J大師在短時間內出現在兩個不同地方。

魔術秀結束之後，整個城鎮都在流傳J大師很喜歡旅館房間裡的掛軸，所以花了大把銀子買下的八卦。

我猜想，河童們住的那幅掛軸，現在正陪伴著J大師環遊世界。而且每到月圓之夜，J大師就會讓精靈們出來，到畫裡的世界盡情玩耍。

鬼燈京十郎的日記　與哥哥重逢

10月28日星期日

相隔許久，我又見到哥哥了。雖然我們是雙胞胎，但他住在人類世界，而我定居妖怪世界，所以我們很少見面，個性也完全不同。京士朗從小活潑調皮，喜歡惡作劇，也擅長耍小把戲。每次捉弄別人都把錯推給我，我從小到大不知幫他背了多少黑鍋。現在我才敢講，以前將奶奶的貓剃光頭、在爸爸菸斗中塞辣椒，還有在爺爺畫像上畫鬍子的人，全都是滿腦

鬼點子的京士朗幹的，根本不是我！我個性認真又文靜，從小就只有吃虧的分，老是被哥哥牽著鼻子走。

在這次的精靈失蹤事件之前，我一直認為「魔術師」是全世界最會騙人的職業……但這次被迫協助表演魔術秀之後，我發現魔術真是一門深奧又刺激的學問，觀眾驚呼的瞬間真是令人無比興奮啊！

我現在每天都在練習哥哥教我的撲克牌魔術。如果有一天我能帶著助手恭平站上魔術表演的舞臺，那一定會是個不錯的經驗！

讀書會之妖怪小學堂

東西方精靈比一比

你知道世界各地都有守護家庭和小孩的小精靈嗎？
一起來看看東方的精靈和西方的精靈有什麼不同吧！

東方代表：座敷童子

座敷童子在日本傳說中是守護家庭的小精靈，一般會以小孩的形象出現，從三歲到十五歲都有。座敷童子有男生也有女生，無論男女，都穿著和服。據說如果家裡出現座敷童子，整個家族就會興盛。

有時候，座敷童子像小孩一樣調皮。例如，他們會在屋子裡留下麵粉腳印；有時候會在夜裡或趁人一個人在家的時候發出怪聲嚇人。除此之外，座敷童子有時候會先預告即將發生的災難，讓人可以預先作準備。

座敷童子很喜歡跟孩子一起玩；當你跟一群人在一起玩耍時，突然發現隱約多了一個人，那很可能就是座敷童子喔！聽說日本岩手縣早池峰神社就曾有座敷童子現身跟去參拜的小朋友一起玩，還教他們唱岩手縣的童謠呢！

座敷童子不像一般妖怪一樣會到處作亂，但他也是會生氣的喔！當人類得罪他的時候，他會立刻離開，卻不會傷害任何人。不過，座敷童子離開之後，這個家族的家業就會開始衰敗沒落——你看，得罪座敷童子的代價是不是很大呢？

西方代表：小仙子

小仙子，英文稱為fairy，是西方傳說裡生活在野地大自然中的一種生物。他的體型很嬌小，與昆蟲差不多大；除了有一對尖耳朵以外，也有一對透明的翅膀，可以像蝴蝶一樣在花間飛舞。小仙子的體色是透明的，並不容易被看到；他們主要在森林活動，是森林的守護者。

小仙子經常群聚一起行動，他們也喜歡和小孩接近，在很多童話故事裡都有他們的身影。像《拇指姑娘》、《彼得潘》裡，都有提到小仙子。而在歐洲各地的民間傳說裡也有不同的精靈故事流傳。

妖怪醫院 4

真假鬼燈醫生

文｜富安陽子
圖｜小松良佳
譯｜游韻馨

責任編輯｜許嘉諾、劉握瑜
美術設計｜林佳慧、王正洪
行銷企劃｜葉怡伶

天下雜誌群創辦人｜殷允芃
董事長兼執行長｜何琦瑜
兒童產品事業群
副總經理｜林彥傑
總編輯｜林欣靜
主編｜李幼婷
版權主任｜何晨瑋、黃微真

出版者｜親子天下股份有限公司
地址｜台北市 104 建國北路一段 96 號 4 樓
電話｜（02）2509-2800　傳真｜（02）2509-2462
網址｜www.parenting.com.tw
讀者服務專線｜（02）2662-0332　週一～週五：09:00~17:30
讀者服務傳真｜（02）2662-6048
客服信箱｜parenting@cw.com.tw
法律顧問｜台英國際商務法律事務所．羅明通律師
製版印刷｜中原造像股份有限公司
總經銷｜大和圖書有限公司　電話（02）8990-2588

出版日期｜2016 年 10 月第一版第一次印行
　　　　　2022 年 9 月第一版第十七次印行
定　　價｜260 元
書　　號｜BKKCJ038P
ＩＳＢＮ｜978-986-93668-4-7

訂購服務
親子天下 Shopping｜shopping.parenting.com.tw
海外．大量訂購｜parenting@cw.com.tw
書香花園｜台北市建國北路二段 6 巷 11 號　電話（02）2506-1635
劃撥帳號｜50331356 親子天下股份有限公司

國家圖書館出版品預行編目（CIP）資料

妖怪醫院 . 4, 真假鬼燈醫生
富安陽子文 ; 小松良佳圖 ; 游韻馨譯 .
第一版 . -- 臺北市 : 親子天下 , 2016.10
144 面 ; 17×21 公分 . --（樂讀 456 系列 ; 38）
ISBN 978-986-93668-4-7（平裝）

861.59　　105017609

HOOZUKI SENSEI GA FUTARI IRU!? -NAIKA OBAKEKA HOOZUKI IIN
by YOHKO TOMIYASU and YOSHIKA KOMATSU